2

YoRHa Abstieg 11941

Original & Supervision:
YOKO TARO

Artwork:
Megumu Soramichi

Inhalt

Kapitel 5

Nr. 21
Ein Scanner-Modell, das auf das Sammeln und Analysieren von Informationen spezialisiert ist. Als Nicht-Kombattantin bewahrt sie stets einen kühlen Kopf, beobachtet die Umgebung und schätzt die Situation ein, doch ihr Wunsch, ihre Kameradinnen zu beschützen und nützlich zu sein, ist stärker als bei allen anderen.

Kawomm
Do do do
Do do do
Ra ta ta ta ta
Hauptmann Rose! Verlegen der Minen ist abgeschlossen!
Gut!
Sucht euch alle Deckung!
Uwaaah!
Hunderte Jahre sind seit unserer Fahnenflucht vergangen.
Unsere Mitstreiterinnen sind eine nach der anderen gefallen.

Aster!
Seltsamerweise hatten bei ihrem Tod alle ...
... ein Lächeln auf den Lippen.
War es Freude darüber, ihr Leben für ihre Freundinnen opfern zu können ...
... oder Erleichterung, dass sie der Spirale des Tötens entkommen waren?

Ich kenne die wahre Bedeutung hinter ihrem Lächeln nicht.
Ich weiß nur eines:
Ich war diejenige, die sie auf diese endlose Reise gezerrt hat.

Lass es uns be-enden.
Ja, das ist vielleicht eine gute Idee.

Lily ...?!
Lily ...!
Hat sie sich etwa mit dem Logik-Virus infiziert?!
Das kann nicht sein! Bis eben war doch noch alles in Ordnung!
Wir haben keine Wahl.

Anemone.
Ja.
Was …
Wollt ihr sie etwa töten?!
Ist man erst durch das Virus kon-taminiert …
… gibt es kein Zu-rück.

Wir müssen sie erledigen, bevor es auf andere überspringt.
Aaaah!
Fwapp
Lily!
Nein ...
Da muss es doch einen anderen Weg geben!
Den gibt es nicht!
Wenn, dann wären noch viel mehr von uns hier.

So haben wir bisher überlebt.
Das kann nicht wahr sein ...
!
Hah
Nr. 21!

Heile Lily!
Was?
Du müsstest in den Simulationen doch studiert haben, wie man das Logik-Virus beseitigt!
A...
Aber es gibt keinen Fall, bei dem sich eine Einheit nach einer solchen Verschlechterung wieder erholt hätte.
Und überhaupt, ich habe noch nie versucht, es bei einer zu entfernen, die sich in Raserei befindet.

Wenn es keinen Präzedenzfall gibt, dann schaffen wir hier und jetzt einen!
!
Ich werde es versuchen.
Warte!
Wenn du Lily zu nahe kommst, breitet sich die Infektion aus.
Es dürfte noch zehn Minuten dauern, bis die Kontamination vollständig ist.

Stopp, Lily!
U…
Uurh!
Dwomm
Agh!
Töten!
Li… Lily!
Was für eine Kraft!

Gwapp
Überlass die körperliche Arbeit uns!
Beeil dich, 21!
Hauptmann Rose ...
Könnte Lily ...
... geheilt werden?

Nein, das ist unmöglich.
!
wusch
Dahlia?!
Hauptmann!
Ich ... will Lily retten!

Nein ...
Nein ...
Nein!
Neeeein!
Fwomm
Das ist ja ...
... der Gravitationsangriff der Maschinenwesen?!

Diese Maschinenfähigkeit ist lästig.
Aber sie hat mich gerade auf eine Spur gebracht.
Im Augenblick der Aktivierung öffnet sich ein Port. Wenn ich in diesem Moment zugreife ...
... kann ich ihr das Vakzin verabreichen, denke ich!
Und was heißt das für uns?
Stoppt diese Attacke ...
... und dann lasst sie sie noch mal aktivieren!
Alles klar!

Uooooh!
Zasch
Es hat aufge-hört!
Bwomm
Zing
AAaah!
Hngh!
Gwoooh

Jetzt!
Zoschhh

Nein.
Ich will nicht mehr zusehen, wie alle sterben.
Ich habe nicht die Kraft zu kämpfen.

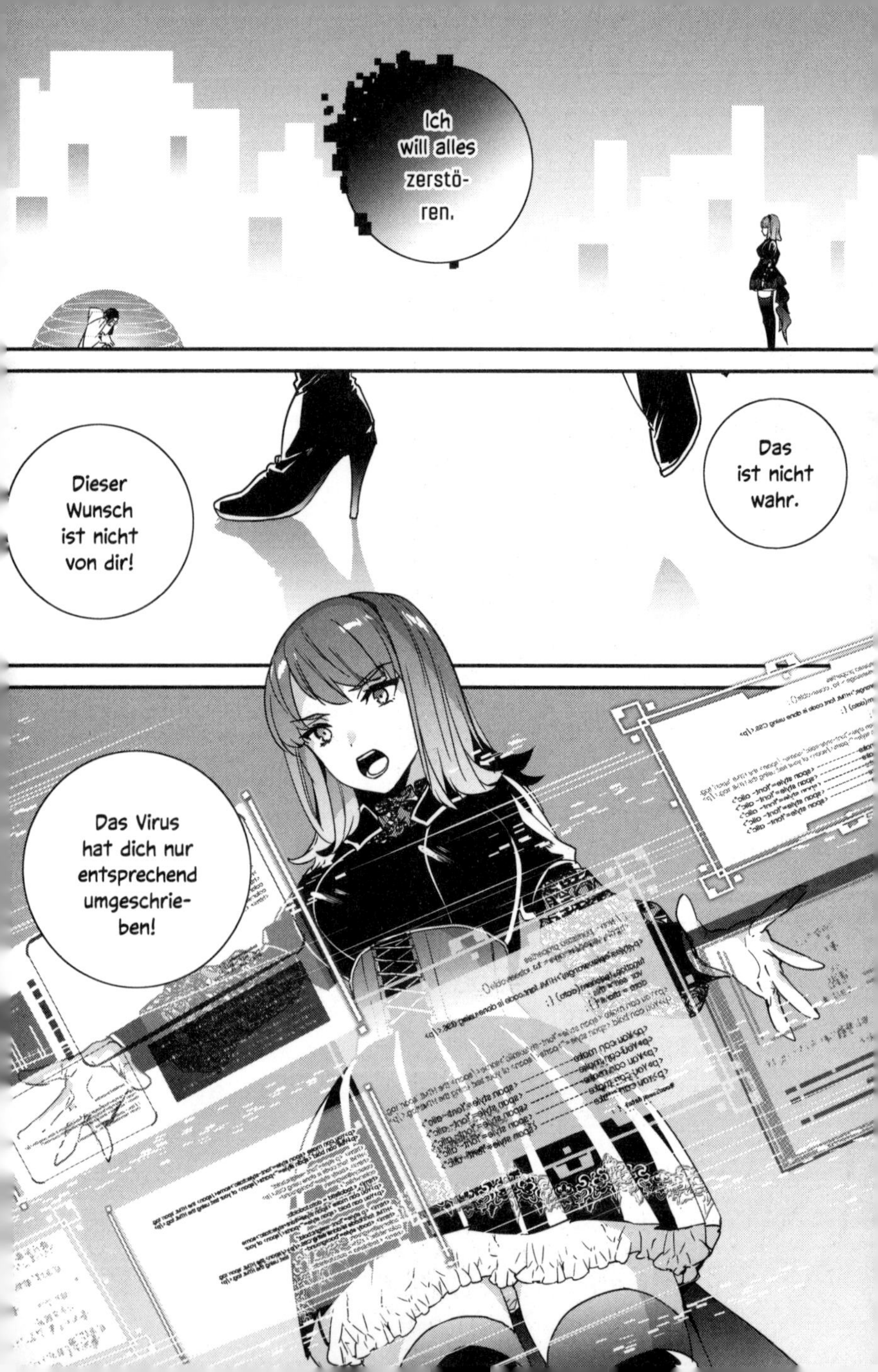
Ich will alles zerstören.
Das ist nicht wahr.
Dieser Wunsch ist nicht von dir!
Das Virus hat dich nur entsprechend umgeschrieben!

Komm zurück …
… Lily!

Puh
...
Entfernung
des Virus abge-
schlossen.

Lily!
Lilyyy!
Ich muss sie noch mal durch-checken ...
... um zu sehen, ob ich das Virus vollständig lö-schen konnte.
Aber sie sollte jetzt okay sein.
Was für ein Glück ...
Sag bloß, sie haben es wirklich ge-schafft?!
Lily!
Lily ...?

Daisy, warte, bis ily wieder aufwa...
Haupt-mann Rose!
Lilys ...
Lilys Fusions-reaktor ist stehen ge-blieben.
?!

Hat er der Belastung ...
... des Virusausbruchs nicht standgehalten?
O...
Oh nein!
Dabei konnten wir das Virus sogar beseitigen ...
Das ist nicht fair!
Verdammt!
Murmel
Murmel
Murmel
Das Virus wurde ganz sicher entfernt.
Aber ihr Fusionsreaktor ist ...
Ihr zentrales Nervensystem müsste noch aktiv sein.
Nr. 2?

Der Fusions-reaktor ...
Ja!
Damit müsste es gehen!
Was denn?
Hey, was ist los?
Gerbera!
Kennst du die genaue Lage von Lilys Fusionsreak-tor?!
Was? Ja, mehr oder weniger.

Anemone!
Öffne Lilys Brust nach Gerberas Anweisungen!
Hä?
Wir legen einen Fusionsreaktor-Bypass!
Du kannst doch bestimmt gut mit dem Messer umgehen.
Na ja ...
Wir bräuchten aber ...
... einen weiteren Reaktor. Es gibt einfach nicht mehr genügend Ausrüstung.

Es gibt einen weiteren Reaktor.
Du trägst ihn in dir!
...!
Ja, sie hat recht!
Ich hab zwei Reaktoren!
Bereiten wir gleich alles vor!

Ja, genau so.
Jetzt von dort in einem 23-Grad-Winkel zur Brustwarze.
Nr. 21!
Ich würde gern die Sauerstoffzufuhr ihrer Gehirneinheit verringern, also verlangsame ihren Prozessor.
Schon dabei!
Gut.
Ich schalte jetzt um.

3 ...
... 2 ...
... 1 ...
Piiiep
!
NO SIGNAL
NO SIGNAL
NO SIGNAL
NO SIGNAL
Es hat nicht funk-tioniert ...
Noch mal!
Piiiep
...!

Lily!
2 ...
1 ...
Piiiep
Gwipp
ぎゅっ
Du darfst auf keinen Fall aufgeben!
Piiiep
Bitte ...
Verbinde dich!
Ich flehe dich an!

Piep
Piep
Piep
Piep
Hffff
Haaaah
Lily atmet!
Wiederanschluss des Fusionsreaktors ...
... abgeschlossen!

Gott sei Dank ...
Puh
Nicht zu fassen ...
Sie haben sie nicht nur vor dem Virus gerettet ...
... sondern sie auch noch wiederbe-lebt.
Hm ...
Ich habe mich ent-schieden.

Wir, der Widerstand, werden mit der YoRHa-Schwadron ...
... zusammen-arbeiten.
Für die Rettung unserer Freundin stehen wir tief in eurer Schuld.
Ja.
Ihr seid Lilys Lebensret-terinnen.
Hört mal ...
Tapp
Tapp

Verzeiht, dass wir vorhin die Waffen auf euch gerichtet haben.
Fangen wir noch mal von vorne an.
Ja!

Ich würde Lily gerne an einem sicheren Ort durch-checken.
Wir sollten nicht zu lange hierbleiben.
Beeilen wir uns.
Auf zum Lager des Wi-derstands!

YoRHa

Abstieg 11941

Wasser

Für den Widerstand ist Wasser ein essenzieller Brennstoff, um ihre Fusionsreaktoren in Betrieb zu halten. Darum müssen sie regelmäßig trinken. Die in den YoRHa-Einheiten installierte Blackbox hingegen wird automatisch mit Wasser versorgt, daher müssen sie so gut wie nie welches aufnehmen.

Kommandantin White

Sie befehligt die YoRHa-Schwadron von der in der Erdumlaufbahn befindlichen Basis »Bunker« aus. Die Durchführung der Missionen hat für sie höchste Priorität, daher fällt sie mitunter unbarmherzige Entscheidungen. Kummer darüber zeigt sie manchmal jedoch auch.

Kapitel 6

Die YoRHa-Schwadron ist mit dem Widerstand zusammen auf dem Weg zu dessen Garnison.
Mehr gibt es aktuell nicht zu berichten.
Verstanden.
Kommandantin, ich würde Sie gerne etwas fragen.
Futaba
Yotsuba
...

OFFLINE
Sie haben uns erzählt, dass der Widerstand, mit dem sich die Schwadron ...
... momentan koordiniert, Überlebende der achten Abstiegsoperation sind.
Aber in den Archiven des Bunkers gibt es keine entsprechenden Daten.
Stattdessen habe ich Aufzeichnungen über Deserteure gefunden.
Sind das diese Deserteure?

Und wenn es so wäre?
Dann wären sie ein Trupp, der gegen Militärrecht verstößt.
Wir wären verpflichtet, das sofort dem Menschheitsrat zu melden.
Ich sagte doch bereits ...
... dass das nicht nötig ist.

Kommandantin.
Ich finde Ihr Verhalten fragwürdig.
Yotsuba.
J... Ja?
Findest du das auch?
Ich ...
... bin nicht sicher.
Dachte ich mir.

Ihr wurdet erst kürzlich in Betrieb genommen und seid noch unerfahren.
Natürlich versteht ihr das nicht.
Hm? Ich ...
Lily, du bist wach?
o sind wir?

Im Wider-standslager.
Wahn-sinn ...
Diese Basis ist tatsächlich ziemlich solide.
WOW.
Wir haben Altholz und Schrott von Maschinenwe-sen gesam-melt.
So ist sie nach und nach gewachsen.

Woah! Was ist das für ein zerschlissener Haufen Papier?!
Das sind die Daten, die wir über die Maschinen gesammelt haben.
Ja?
Nr. 2.
Wump
Hauruck!
... aber es kann sicher nicht schaden, den Inhalt zu kennen.
Papier hält sich am besten und man muss sich auch keine Sorgen um Virenverseuchung machen.
Alles vor der Operation zu überfliegen, mag schwierig werden ...

Vielen Dank!
Aber es ist schon langweilig, dass wir uns nicht sofort in die Operation ...
... stürzen können.
Nach Jahren der Beobachtung fanden wir heraus ...
... dass die Maschinen in bestimmten Abständen eine Zeit lang weniger Energie haben.
Es könnte mit Erdmagnetismus oder dem abnehmenden Mond zu tun haben.
Die Ursache ist nicht ganz klar.
Dass sie so einen Zyklus haben ...
Mit anderen Worten, bis es so weit ist, legen wir uns hier auf die faule Haut, was?

Nr. 4, macht dir die Operation denn keine Angst?
Immerhin werden wir in feindliches Territorium eindringen.
Ob die Mission nun Erfolg hat ...
... oder ob wir dort sterben ...
Es kommt, wie's kommt, nicht?
Was pas-siert, wissen wir erst, wenn es so weit ist.
Denn eines Tages verschwinden wir sowieso.
Das ... mag schon stimmen, aber ...

Du bist faszinierend.
Wie?
Vorhin warst du die Mutigste von allen ...
... und hast Lily gerettet.
Dass ausgerechnet du Angst vor dem Tod hast ...
Ich fürchte mich eben, wovor ich mich fürchte.
Dabei haben wir nicht einmal Namen. Nur unsere Modellnummern.

Ob wir nun leben oder sterben ...
Außer Kämpfen und dem Erfüllen unserer Pflicht haben wir keinen Lebenszweck.
Ihr besitzt keine Namen?
Da die Aufträge der YoRHa-Schwadron streng vertraulich sind ...
... wird jedem Modell nur eine einheitliche Nummer zugeteilt.
Verstehe ...
Unsere Namen ...
... wurden uns von Hauptmann Rose gegeben.

Am Anfang waren wir auch bloß eine Truppe, die eine Mission ausführt.
Doch im Laufe der Kämpfe sind wir weniger Sol-daten ...
... und mehr eine Art Familie geworden.
Für uns ...
... wurde das unser Lebens-zweck.
Familie?

Ja.
Wenn ihr wollt, könnte ich auch euch Namen geben.
N...
Nun ja ...
Es ... ist uns allerdings verboten, Namen zu tragen.
Dann findet ihr vielleicht auch einen Lebenssinn außerhalb des Kampfs, meint ihr nicht?

Ver-stehe.
Ich werde euch nicht zwingen.
Ich kenne ja auch eure Umstände nicht. Tut mir leid.
Aber ...
... wenn ...
... diese Operation vorbei ist ...
... würden wir gern welche von dir erhalten!

Alles klar.
Bis dahin tüftele ich ein paar gute Namen aus.

...!
Verstehe ...
Der Feind lernt also auch jeden Tag dazu.
Nr. 21.
Bwunn
Du bist ja auf, Lily.

Ich hab von Daisy gehört ...
... dass du mir das Leben gerettet hast.
Ich habe nur getan, was mein Hauptmann mir befohlen hat.
Dein Dank gebührt Nr. 2.
Schon ...
Aber da du diejenige bist, die das Virus von mir genommen hat ...

... danke ich dir vielmals!
Das ist nicht nötig ...
Ich bin ein Scanner-Modell.
Ich stelle Berechnungen an und treffe Prognosen.
Es ist meine Aufgabe, die Schwadron immer in die bestmögliche Lage zu leiten.

Von Beginn der Abstiegs-operation an, hatte die un-besonnene Nr. 16 ...
... in meiner Prognose die höchste Sterbe-wahrschein-lichkeit.
Aber sie hat überlebt.
Und mit dem Wider-stand ist eine unvorhergese-hene Variable aufgetreten.
Meine Vorhersagen stellen sich im-mer wieder als falsch heraus.
Ich ...
... war ein größerer Dummkopf als ich ge-dacht hätte.

Haaah!
Warum müssen ausgerechnet wir drei die Späherinnen sein?
Was ich meine, ist, warum gerade wir drei - ich und du und Anemone?
Weil unsere Hauptmänner es so angeordnet haben.
So viel weiß ich selbst!

Lily und die anderen sind zum Auftanken ...
... zu einer Wasserquelle gegangen. Nr. 2 und Hauptmann Rose sind die Anführerinnen, es wäre also schlecht, sie als Späher einzusetzen.
Ich kann nachvollziehen, warum sie uns dafür abgestellt haben.
Dahlia, du bist zwar ein Hitzkopf, aber Anemone und du ...
... bringt Ortskenntnisse an den Tisch. Und ich bin für die Informationsverarbeitung zuständig.
Was?!
Wen nennst du hier einen Hitzkopf?
Schnauze, Dahlia. Halte nach dem Feind Ausschau.
...

Wir haben doch hier unser Lager aufgeschlagen, gerade weil der Feind nicht herkommt!
Hmpf!
Auf solche Nachlässigkeiten warten die Maschinen doch nur!
Was?!
Du willst offenbar mal richtig eins auf die Glocke!
Hi hi ...
Ha ha ha ha!
Was ist so lustig?
Ach, ich bewundere euch nur.

Ihr kämpft schon hunderte Jahre zusammen ...
... seid Schwestern ...
... im Kampf und im Geiste. Man könnte euch durchaus als Familie bezeichnen.
Und trotzdem könnt ihr noch wegen solcher Kleinigkeiten streiten.
Hmpf ...
Uns zu loben, wird dir nichts bringen.
Sie lobt uns nicht.
Waaas?!
Doch, das tue ich.

Allein die Tatsache ...
... dass ihr so lange auf der Oberfläche ausgeharrt ...
... und die ganze Zeit über gekämpft habt, könnte man schon als Wunder bezeichnen.
Selbst die Kabbeleien zwischen euch ...
... fun- gieren wohl als eine Art der Kommu- nikation.
Keine Ahnung, was du da redest, aber ...
... unser Überleben verdanken wir Hauptmann Rose.
DOMP

Daher sind wir auch bereit, uns zu opfern, wenn wir ihr das damit vergelten können.
Ich glaube aber nicht, dass Hauptmann Rose das wollen würde, oder?
Letzten Endes ...
... ist Sterben allerdings das Einzige ...
... was wir tun können.
Was ist mit dir?
Hm?
Was ist deine Rolle in der YoRHa-Schwadron?

Nun, ich analysiere Informationen ...
... gebe Vorhersagen ...
... zu Schlachtverläufen heraus, assistiere beim Entwerfen von Strategien und mehr.
Hä?
Schlachtverläufe?
Der Weg zum Gipfel des Ka'ala ...
... hat sich mir aber erst durch eure Informationen offenbart.
Das bedeutet, sie ist klug und schmiedet in hinterer Reihe Pläne.

Es ...
... gibt nicht mehr viel, was ich zu dieser Schwadron beitragen könnte.
Von Beginn der Mission an bestand sogar vielmehr die Möglichkeit, dass ein Nicht-Kombattantenmodell wie ich ...
... den anderen ein Klotz am Bein sein würde.
Nr. 21 ...
... warum bist du dann immer noch hier?

Wa-
rum?
Na ja,
weil ...
... ich vom
Menschheits-
rat entsandt
wurde.
Du befolgst
bloß die Befehle
des Menschheits-
rats? Desselben,
der euch nicht
mal Verstärkung
schickt?
...
Wir
haben
deser-
tiert.
Aber wir
kämpfen noch
immer gegen die
Maschinen.

Nicht für unsere Vorgesetzten oder für die Menschheit ...
... sondern weil wir unsere Kameradinnen beschützen wollen.
Es reicht nicht, einfach nur zu überleben.
Du hast auch viele Kameradinnen verloren, oder?
Ja.
Dann ...
... musst auch du einen Lebenssinn für dich finden.

Das würden sich deine toten Kameradinnen sicher wünschen.
Anemone mag eine Zicke sein ...
... aber ich verstehe, was sie meint.
Krtz
Krtz
Tja ...
... also ...
... lass dich jedenfalls nicht unterkriegen.

Der Sinn ...
... des Lebens ...

Androiden haben Emotionen.
Ja, Androiden haben Emotionen.
Aber es ist seltsam. Obwohl sie sich mögen, streiten sie.
Ja, sehr seltsam. Sie weinen, wenn sie glücklich sind …
… und lachen, wenn sie Angst haben.
Das sind Informationen, die wir Maschinenwesen nicht haben.
Das sind Besonderheiten, die wir Maschinenwesen nicht haben.

Ob Lachen wohl Spaß macht?
Ob Lachen wohl Spaß macht?
HI hi hi hi HI HI HI hi hi hi HI.
HI hi hi hi HI HI HI hi hi hi HI.

Nr. 16.
Kapitel 7
Auch wenn das nur eine Simulation ist ...
... halte dich bitte an deine Befehle.
Es ist zu befürchten ...
... dass du uns bei der Durchführung unseres Auftrags behinderst, wenn du allein auf den Feind zustürmst.
Hä? Aber es ist mein Job, den Feind zu töten.

Wegen deiner egoistischen Einzelaktionen steigt zudem die Wahrscheinlichkeit, dass du stirbst.
Pah!
Solange ich mit Wahrscheinlichkeit überlebe, ist es kein Problem, oder?
Es hilft wohl nichts.
Ich prüfe den Plan unter Berücksichtigung deiner Persönlichkeit.
Schon während unserer Zeit im Bunker konnte ich dich nicht leiden.
Du gibst dich stets so kühl …
… guckst, als wüsstest du alles …
… und spielst dich auf.
Du kommst überhaupt nicht wie eine Soldatin rüber.

Ich bin anders.
Meine Aufgabe ist es, Feinde mit dieser Waffe zu besiegen.
Ich töte ...
... metzle ...
... und schlachte Maschinenwesen ab.
Drücke ich zuerst den Abzug ...
... oder erreicht mich vorher der feindliche Angriff?

Ich habe das Gefühl, dass es mir irgendwie Spaß macht …
… mein Leben einer solchen Gefahr aus-zusetzen.
Vielleicht …
… bin ich ja defekt …
… irgend-wo tief drin.
21 …
Du bist so ein hel-les Köpf-chen.
Kannst du auch diese Seite von mir sehen?

Kapitel 7

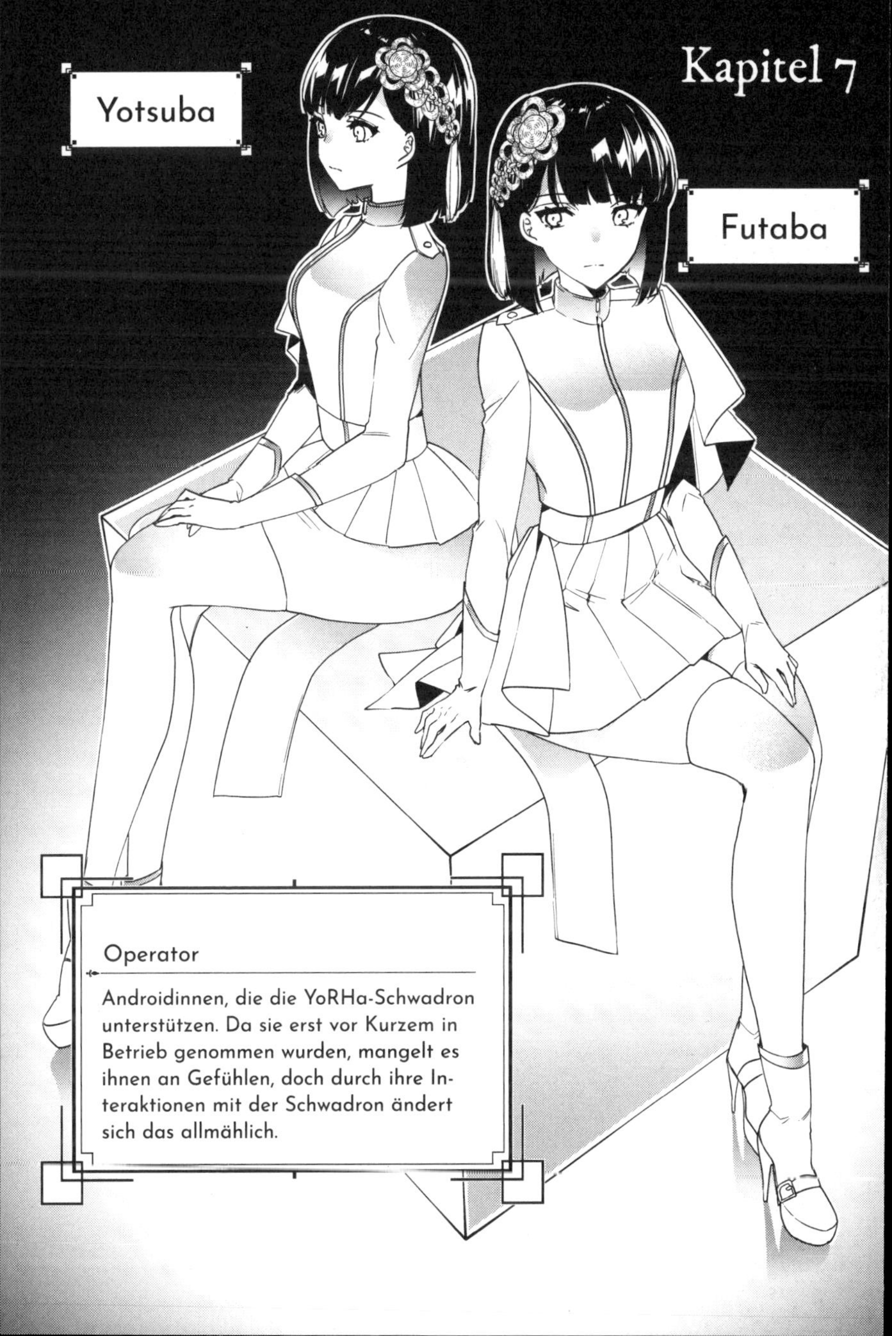
Yotsuba
Futaba
Operator
Androidinnen, die die YoRHa-Schwadron unterstützen. Da sie erst vor Kurzem in Betrieb genommen wurden, mangelt es ihnen an Gefühlen, doch durch ihre Interaktionen mit der Schwadron ändert sich das allmählich.

Komm schon!
Daisy, streng dich etwas an!
Umpf
Müde sein kannst du später!
Weil du am meisten Wasser trinkst, musst du auch viel tragen.
Mann ...
Ich weiß ja, dass ich kräftig aussehe, aber ...
Ktunk
ゴト
... ich bin ein Defensivmodell ...
... und nicht gerade eins mit viel Power.
Puuuh

Dann sieh dir Marguerite hier an!
Sie schleppt so viel!
I... Ich trainiere ja auch regelmäßig.
Weil du so werden willst wie Dahlia, richtig?
Genau.
...

Lily!
Wah!
Schreck
N...
Nr. 16.
Was hast du denn plötzlich?
Hör mal ...
... also ...
Ich ...
Wie soll ich sagen?
Ich wusste nicht ...

... dass du damals ...
... ähm ...
... so etwas Schreckliches erlebt hast.
Trotz-dem, dass ich dich ...
... klein ...
... und schwach genannt hab ...
... d...
... dahinter steckte keine böse Absicht.
Was ...
... natürlich nicht heißt, dass es in Ordnung ist, andere zu verletzen.

Ich bin ein Idiot.
Und alles, was ich kann, ist kämpfen.
Darum ...
... weiß ich nicht so recht ...
... wie ich mich entschuldigen soll.
Hi hi
Du bist wirklich ein Idiot, was, Nr. 16?
Du kleine ...!
Äh, ich meine ...
... ja.
Das bin ich.

Du hast dich doch ...
... bereits entschuldigt.
Ach ja?
Außerdem ...
... bin ich nicht mehr schwach!

Wie meinst du das, Lily?
Daisy, Marguerite ...
... seht ge-naaau hin, okay?
Dort drüben ist dieser riesi-ge Felsen!
Den werde ich jetzt zer-schmettern!

Hä?!
Wa...
Haaah!
Ugh!
Argh!
Fwomm

Ist das der ...
... Gravitations-angriff?!
Waah! Tut mir leid, das war ein Versehen!
Ich kann ihn noch nicht so gut kontrol-lieren.
Jetzt aber!
Yaaah!
Badooomm

Es hat ... geklappt!
Oooh!
Wahnsinn!
Das ist die Maschinenfähigkeit, die du benutzt hast, als du mit dem Virus infiziert warst.
Ja, sieht so aus.
Als ich aufgewacht bin, hab ich bemerkt ...
... dass tief in meinem Speicher Daten zurückgeblieben sind.
Es wird noch eine Weile dauern, bis ich den Dreh raushabe ...
... aber wenn ich sie beherrsche, kann es bestimmt für alle nützlich sein!

Dann ...
... kann ich auch kämpfen!
Lily ...
Aber ...
... das ist eigentlich ein Programm der Maschinen-wesen.
Wenn du es im Übermaß einsetzt, wird das dein Gehirn belasten.

Ich werde vorsichtig sein.
Mann, Lily ...
... das ist ja super!
?
In dieser Situation ...
... musst du so machen.

Okay!
Bonk
Ihr scheint euch ja gut zu amüsieren.
Hauptmann Rose!
?
Seltsam.
Eben hab ich in diesem Bereich ein örtlich begrenztes Erdbeben regis-triert.

Lily hat eine tolle neue Fähigkeit erhalten!
Oh? Was denn für eine?
Hi hi
Das siehst du, wenn du mal in der Klemme steckst.
Dann rette ich nämlich dich.
Ha ha ha!
Das klingt ja vielversprechend.

Aaah, bin ich fertig.
Keine Auffälligkeiten in der Umgebung.
Und die Maschinenwesen scheinen planmäßig in die Ruhephase eingetreten zu sein.
Oh, ihr habt Wasser dabei!
Gute Arbeit.
Hm?
Gib mir auch was ab.
Ah!
Gwapp

Der ist
ja leer.
Hä?
Daisy,
du hast schon
alles ausge-
trunken?!
Das
ging viel zu
schnell!
Ha ha
ha
Schmunzel
Dank Dahlias
und Anemones
Hilfe ist auch
die Analyse der
Route ...
... zum Gipfel
des Ka'ala ab-
geschlossen.
Wo sind
Nr. 2 und
Nr. 4?

Ach, ich habe Nr. 2 viele Unterlagen zu den Maschinen gegeben.
Sie ist noch bei der Durchsicht.
Mensch!
Geh noch mal Wasser schöpfen!
Wie gesagt, in so einem Fall sollte man intuitiv zuschlagen ...
... ohne seine Schläge anzupassen, sonst ist es nicht zu schaffen.
Intuitiv?
Aber wenn man sich die Lernkurve der Maschinen in den Unterlagen ansieht ...
... dürften die Schläge ab etwa der 30. Maschine nicht mehr treffen.

Wenn man Anzeichen dafür sieht ...
... kann man sie ja ein bisschen in die Irre führen.
Und wie?
Halt einfach ein paar Tanzschritte einfügen oder so.
Tanzen?!
Worüber redet ihr?

Nr. 2 will mehr über das Verhalten der Maschinen erfahren.
Wie es scheint, wurde sie nach dem Durchlesen eurer Unterlagen dazu angeregt.
Sag bloß ...
... du hast all das in etwas mehr als zwei Stunden ge- lesen?
Ja!
Ach, tut mir leid, ich habe alles ohne Erlaubnis geordnet und mit Notizen versehen.
Das ist schon okay.
Denn viel mehr kann ich nicht tun.

Wie man's nimmt ...
Ich finde das schon großartig genug.
Piep ピ
Piep ピ
Piep ピ
Es wird Zeit, die Operation zu starten.
Gut.

Alle mal hergehört!
Wir haben hunderte Jahre lang alleine gekämpft.
Und während ...
... unsere Kameradinnen eine nach der anderen gefallen sind ...
... konnten wir nichts tun, außer immer weiter Widerstand zu leisten.
Aber dieses Mal ist es anders.

Mit der Operation ...
... der hochmodernen YoRHa-Schwadron ...
... können wir dem Feind einen entscheidenden Schlag versetzen!
Auch um unserer verstorbener Kameradinnen willen ...
... geben wir alles, was wir haben!

Ja!
Das wird der Kampf unseres Lebens!
Lassen wir es so richtig krachen!
Patsch
Stille
Warum sagt denn keiner was?
Mhm, mhm.
Na ja.
Geht es nicht oft in die Hose, wenn du das sagst ...
... bevor wir ein riskantes Unterfangen angehen?

Aber …
… geht das wirklich in Ordnung …
… dass ihr uns bei unserer Mission helft?
Das bringt Unglück.
Waaas?!
Ha ha ha ha
Ich weiß, wir waren es, die euch um Hilfe gebeten haben, aber wenn man die Zahl der Gegner …
… sowie …
… ihre Lernfähigkeit in Betracht zieht, wird es wohl ein harter Kampf werden.

Versteh das nicht falsch, Nr. 2.
Das ist nicht nur euer Kampf.
Es ist auch unserer.

Okay!
Ich würde gerne etwas aus den Unterlagen mit dir abklären.
Hast du einen Moment?
21.
Gemeinsame Operationen mit Freunden sind gar nicht so übel, oder?

Ja …
Das stimmt.
Ich kämpfe, um die Operation zum Erfolg zu führen.
Ich plane, damit meine Kameradinnen kämpfen können.
Ich habe …
… noch immer einen Grund zu kämpfen.

YoRHa
Abstieg 11941

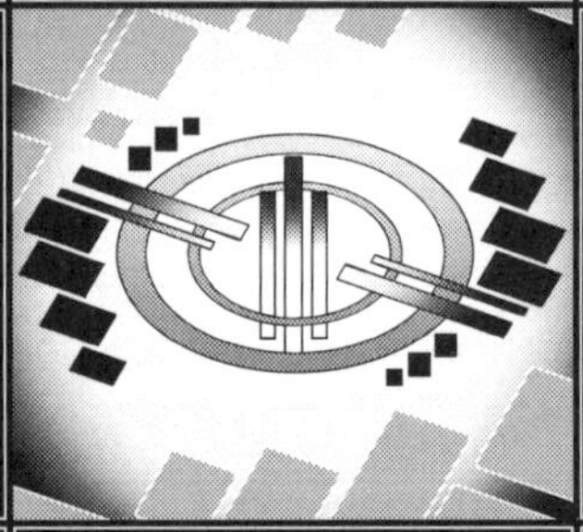

Bunker

In der Erdumlaufbahn gibt es 13 militärische Einrichtungen. Der Bunker ist der 13. dieser Stützpunkte und wurde als Basis speziell für die YoRHa-Schwadron entworfen. Er dient nicht nur der Unterstützung von YoRHa, sondern auch als Relais-Server zur Kommunikation mit dem Menschheitsrat auf dem Mond.

Kapitel 8
Bunker
Die YoRHa-Schwadron ...
... verlässt das Lager des Widerstands ...
... und macht sich auf den Weg Richtung Aufzughalle am Gipfel des Ka'ala.
Piep
Piep
Piep
Zeige Daten zur feindlichen Serverbasis im Berg an.
Es handelt sich um einen Großserver, der Befehle an die Maschinenwesen im gesamten pazifischen Raum abwickelt.
Wenn wir ihn zerstören ...
... wendet sich der Kriegsverlauf zu unseren Gunsten.

Die Operation könnte aber auch scheitern.
OFFLINE
Was wollen Sie damit sagen?
Ich ziehe lediglich alle Möglichkeiten in Betracht.
Kommandantin.
Wir hier im Hauptquartier ...
... kämpfen genauso wie die Einheiten auf der Erde.
Wir können es uns nicht erlauben ...
... vor Beginn der Operation den Mut zu verlieren.

Fühlst du etwa mit den Einheiten auf der Oberfläche?
...
Meine Aktivierung ...
... liegt noch nicht lange zurück und ich habe auch keine Kampferfahrung.
Aber ...
... durch ihren Kampf habe ich begonnen ...
... mich zu fragen, ob wir nicht auch ...
... von hier aus etwas tun können.

Piep
Piep
YoRHa-Schwadron nähert sich einem Habitat feindlicher Maschinen-wesen.
Radar-kontakte mit Maschinen nehmen rapi-de zu!
Zwei...
... nein, dreihundert-tausend Ein-heiten!
Sie lagen getarnt im Hinterhalt.

Hat der Lernprozess des Feindes ...
... sogar dazu geführt, dass sie unsere Operationen vorhersagen können?
Ich bete ...
... dass die YoRHa-Schwadron ...
... erfolgreich sein wird.

Gerbera
Von allen im Widerstand kennt sie sich am besten mit Waffen aus und ist für deren Anpassung und Entwicklung sowie das Legen von Minen verantwortlich. Sie handelt rational und ist ruhig und gelassen.

Kapitel 8

Hang des Ka'ala
Das sind unfassbar viele!
Schaltet eure Thermalsensoren ein.
Moment mal ...
Was ...
Merkt euch die kühlen Bereiche.
Im Kampfgetümmel sind die Sensoren nutzlos.
Hauptmann ...
Das ist übel.

Ich kann keine gekühlten Bereiche finden!
Vermutlich haben sie die Kühleinheit zusätzlich mit Isoliermaterial ummantelt ...
Gerbera!
Was machen die feindlichen Truppen?
... um es uns unmöglich zu machen, den Bereich zu identifizieren.
Unglaublich, dass ihre Lernfähigkeit so weit geht.
Wie es aussieht, steuern fast alle auf den Berggipfel zu, wenn auch langsam!

Dort befindet sich der Aufzug, der zum Server führt.
Sie wollen wohl dessen Verteidigung verstärken.
Wenn das so weitergeht, kommen wir nicht voran.
Piep
Piep
!
Eingehende Übertragung vom Kommando!
Schalte auf Lautsprecher!
Kommando an YoRHa-Schwadron.
Ja! YoRHa-Schwadron …
… Nr. 2 hier!

Die Feindsignale in der Nähe des mit dem Server verbundenen Aufzugs nehmen rasch zu.
Bitte unverzüglich zur Zerstörung des Servers übergehen.
So viel wissen wir auch!
Gegenwärtig ...
... können wir die Schwächen des Feindes nicht ausnutzen.
Die Differenz der Kampfkraft ist überwältigend.
Alleine schaffen wir das nicht.
Bitte ...
Bitte schicken Sie Verstärkung!

Die Entsendung von Verstärkung wird nicht genehmigt.
Ihre Anweisung lautet, die Operation mit den beste- den Kräften und egenwärtigen ffnung durchzuführen.
Warten Sie bitte!
Schlage den Einsatz von Satellit D-132 vor.
Er wurde bereits angewendet und hat sich bewährt. Da sollte es kein Problem geben.
Die Laserwaffe, die bei unserem Abstieg die Insel pulverisiert hat ...
コク
Nick
Erbitte Unterstützungsfeuer!

YoRHa-Schwadron ...
... Autorisierung zur Nutzung von Satellit D-132 wird nicht erteilt.
Das kann doch nicht sein!
Verwirren Sie den Feind wenigstens mit einem Warnschuss!

Unterstützungsfeuer wird nicht genehmigt.
Ich bitte Sie!
…
Ich wiederhole: Ihre Anweisung lautet …
… die Operation mit den bestehenden Kräften und der gegenwärtigen Bewaffnung durchzuführen.
So ein Schwachsinn!
Ihr habt euch kein Stück verändert!
Sitzt da oben in der Umlaufbahn und verrichtet seelenruhig eure Arbeit!
Was …

Was sagt die Kommandantin dazu?
Der Befehl ...
... ist vom Menschheitsrat sowie der Kommandantin abgesegnet.
Das ist alles. Beende Übertragung.

Stets das gleiche Spiel!
Der Haufen da oben geht immer so vor!
Hauptmann!
Der Feind erreicht die vorbereiteten Minenstandorte!
Was sollen wir tun?!
Wenn wir sie auslösen, wird das zum Startschuss für den Kampf, oder?
Ja.
Aber wir können hier auch nicht rumsitzen und Däumchen drehen.

Einverstanden ...
... Nr. 2?
Nick コク
Okay.
Jag sie hoch!
Verstanden!

Hm?
Nanu?
Das ist ja komisch.
Piep
Piep
Piep
Piep
Piep
Ich kann die Standort-informationen des Feindes nicht ...
... seh...
Wa...
Aaaah!
Ah!
Vorsicht!

Passt auf!
Sie hacken uns über die Funkwellen der Minen aus der Ferne!
Blamm
Uh ...
Alles okay!
Du wurdest nicht infiziert!
Danke, Anemone ...
Aber dadurch haben sie uns jetzt garantiert bemerkt.
Die Sensoren sind unbrauchbar.
Die Minen als letzter Trumpf sind auch verloren.

Was jetzt?!
Haben wir eine andere Wahl, als alle volle Kanne loszustürmen?
Klappe, du Idiot!
Es sind doch viel zu viele Feinde! Denk wenigstens ein bisschen nach!
Das lass ich mir ausgerechnet von dir nicht sagen!
Domm
Domm
Aaaaaah!
Domm

!
Die Schlacht hat be-gonnen!
Gebt auf die Bomben-einschläge acht!

Haaaaah!
Wrrr
Wrrr
Bamm
Solange wir sie verlässlich zerstören können, brauchen wir ihre Schwachpunkte nicht zu se-hen!

Ich übernehme die vorders-te Linie!
Rückt ihr in die Bresche vo...
!

Fwock
Srrrt
Zurück, Dummkopf!
Ngh!
!
Das sind ja ...

Zwei Hörner!
Das sind verbesserte Modelle! Seid vor-sichtig!
Zing
ブゥゥゥゥ
Vrrrr

Sie beleben die anderen Maschinen wieder!
Sogar eine derartige Fähigkeit haben sie entwickelt?!
Dann ...
... müssen wir nur die hier aufschlitzen!
Wätschomm

Die zweite hat sie schon wiederbelebt!
!
Dahlia und Anemone!
Wir müssen sie in einem Zug erledigen, bevor sie wiederbelebt werden!
Koordiniert euch bitte mit Nr. 2 und Nr. 4 und übernehmt jeweils eine Zweihornmaschine!
Verstanden!

Blamm
Blamm
Blamm
Ane-
mone!
Fwosch
Blamm
Blamm
Blamm
Srrrrt
Srrt

Badooomm

Das dürfte reichen!
Krrk ギ"
Krrk ギ"
ギ" Krrk
Aaaaaaaaa
Urgh ...
Was ist das?!
aaa
aa
aaa
aa
aaaa

Hm?
Der Feind …
Gegnerische Gruppe entdeckt! Sie kommt in unsere Richtung!
Der Schrei eben war also ein Signal an ihre Kameraden?!
Wärmequellen auf zwei Uhr!
Aaaaaah!
Badooomm

Mist ...
Wir müssen auf jeden Fall hier weg.
Aber wir sind umzingelt!
Scheiße!
Meine Güte.
Frscha
Frsch
Hätte nie gedacht, dass das Ding hier nützlich sein würde.
Gerbera?
Piep
Wenn ich das so einstelle ...
Piep
Piep
Piep

Nr. 4! Wirf das so weit du kannst!
Oookay!
Swusch
Aaaaaaha
Swwrt

Sie gehen in die andere Rich-tung!
Ich hatte mal ihre Signale zum Zweck der Infor-mationssammlung aufgenommen.
Wir soll-ten eine Weile sicher sein.
Gut.
Nutzen wir das und gehen zum Gipfel!
Tapp
Tapp
Tapp
Marguerite?
Tapp...

Marguerite? Was ...
Ich werde den Feind hier aufhalten.
!
Durch das Bombardement eben ...
... kann ich mich nicht mehr so bewegen, wie ich will.

Oh nein!
Dann trag ich dich huckepack!
Ich würde euch nur aufhalten.
Und das Signal hält auch nicht ewig.
Die Feinde werden sich bald zum Gipfel begeben.
Darum wäre es wohl ...
... am rationalsten, wenn ich hierbleibe.
...!

Hauptmann Rose!
Marguerite und ich bleiben hier!
Dahlia, was redest du da?
Alleine hältst du doch keine Minute durch. Und na ja ...
... den Gegner auf offenem Feld anzugreifen ...
... passt eh besser zu mir als mich in einem Gebäude zu verschanzen.
Dahlia, jetzt auch noch du ...

Ha ha!
Ich wusste ja schon, dass du ein Schwachkopf bist ...
... aber das toppt wirklich alles.
Mit einem alten Modell wie dir werden dann wohl fünf Minuten draus?
Nein, drei vielleicht?
Blöde Kuh!
Suchst du Streit?!

Ich bleibe auch hier.
Nr. 16 ...?
2.
Nein ...
Haupt-mann.

YoRHa-Schwadron-Schützin ...
... Nr. 16 ...
... verlässt die Einheit.
Ich übernehme zusammen mit dem Widerstand die Aufgabe der Nachhut am Berg Ka'ala!

Aber Nr. 16 ...
Das passt schon so.
Wenn alles vorbei ist, kehren wir in den Bunker zurück ...
... und treten der Kommandantin in den Arsch!
Aber das ...
Ich ...

Das geht nicht!
Mit so wenigen Einheiten gegen so viele Gegner ...
Es ist absolut unmöglich, den Rückzug zu sichern!
シュン
Bwunn
Dieser tollkühne Plan ist inakzeptabel.
Ich werde ihn sofort überarbeiten.
Verifiziere die vorbereiteten Minen sowie unsere gegenwärtige ...affnung.
21!

Kümmere dich ...
... um unsere Freunde, okay?
Ach, Scheiße ...
Anemone! Bleib, wo du bist!

Dein cooles Getue kotzt mich an! Aber in der Truppe ...
... bist du die beste Kämpferin. Deine Fähigkeiten werden noch gebraucht.
Bleib bei Hauptmann Rose.
Dahlia ...
Hauptmann, du musst eine Entscheidung treffen ...
... bevor der feindliche Beschuss wieder losgeht!

Haupt-
mann!
Ich
...
Ich
habe ent-
schieden!
Wir
rücken
vor!

Marguerite, Dahlia und Nr. 16 bleiben zur Absi- cherung hier!
Die anderen kommen mit mir!
Ihr werdet mir ...
... auf keinen Fall sterben!
Gehen wir!
Wartet! Nein!
Tapp
Ich ... Ich ...!

Lily.
Tut mir leid, dass ich dich einen Knirps genannt habe.
Streichel
Streichel
2 ist ein unzuverlässiger Hauptmann ...
... also pass für mich auf sie auf.
...

Erfasse Wärmequellen!
Komm, Nr. 2!
Ja, aber ...
Nr. 16!

Laaufft!
Domm
Domm
Domm

Kapitel 9

Lily

Ihre sanfte Natur machte sie als Kämpferin ungeeignet und sie hatte stets das Gefühl, bei ihren Kameradinnen in der Schuld zu stehen. Die Fähigkeit der Maschinenwesen hat ihr jedoch ein wenig Selbstvertrauen beschert und sie hegt nun den starken Wunsch, ihren Freundinnen nützlich zu sein, auch wenn sie sich dabei ein wenig übernehmen sollte.

Gipfel des Ka'ala
Bwomm
Ra
ta
ta
ta
Die Aufzughalle liegt direkt vor uns!
Tapp
Tapp
Tapp

Kaklong
Okay!
Öffne ihn!
Wimmel
Ein feindlicher Hinterhalt?!
Schießt!

Dwoooooh
Das sind so viele!
Die über-nehme ich!

Jetzt!
Macht sie fer-tig!
Fwomm

Klatter
Klang
Lily?!
Domp
I...
Keuch
Keuch
Ich bin okay ...
Das ist der Gravitationsangriff der Maschinenwesen.
Diese Fähigkeit ...

Es gibt da ein Programm, das von Lilys Virus-Infektion übrig geblieben ist.
Deshalb kann sie jetzt diese Fähigkeit benutzen.
Aber die Überlastung hat ihr ein Fieber beschert.
Mir geht es gut ...
Gnn
ぎゅ
Ich werde an eurer Seite kämpfen.
Auch ich bin eine große Kriegerin ...
... nicht wahr, Hauptmann?
Ja, das bist du.

Haupt-mann!
Was ist nun schon wieder?!
Mal sehen ...
Piep
Piep
Piep
Der Aufzug ist ge-sperrt!
Das ist ein zyklischer Schutz!
Zyklischer Schutz?

Ka'ala Mountain
Ja.
Ich konnte einen Plan dieses Berges beschaffen.
Ich zeige ihn euch.
Bwunn
Wie ihr seht, setzt sich der Ka'ala-Server-Berg ...
... aus zwölf Ebenen zusammen.
01
02
03
04
05
06
07
08
09
10
11
12
SERVER ROOM
Elevator hall
Wir befinden uns auf Ebene eins.
Der Server selbst ist auf der untersten ...
... Ebene zwölf.
SERVER ROOM
09
11
12

Keiner der Aufzüge fährt direkt zum Server durch.
Man muss zwei Mal umsteigen, auf den Ebenen vier und acht.
Jeder Aufzug ist mit einem Zugangsschutz versehen.
Den muss man durch Hacken aufheben, aber ...
... das System ist so programmiert, dass es in festgelegten Intervallen erneut gesperrt wird.
Außerdem kann man den Schutz ...
... nur von dieser Kontrolltafel aus deaktivieren.
Heißt also, man wird aufgeteilt und ausgebremst?

Genau.
All das, damit Eindringlinge wie wir nicht auf direktem Wege zum Server gelangen.
Oh nein ...
Wo wir doch so weit gekommen sind.
Keine Sorge.
Ich werde hierbleiben und ohne Unterlass hacken.

Nr. 21 ...
Dann wirst du ...
Wank
...!
Was hast du?!
Es ist nichts.
Beim letzten Gefecht hat meine Motorik anschei-nend Schaden genommen.
Doch das wird beim Hacken keinerlei Probleme be-reiten.

Aber ...
Die Zahl der Kämpfe wird von nun an steigen.
Es ist zu erwarten, dass ein Scanner-Modell wie ich dabei nicht von Nutzen sein wird.
Ich unterstütze euch von hier.
Das ist die rationalste Entscheidung.
Erreicht schnell die unterste Ebene, bevor sich die Maschinen in dieser Halle sammeln.
...

Nr. 2 ...
Der Hauptmann der YoRHa-Schwadron ...
... bist du.
Also gut.
Nr. 21 ...
... darf ich dich darum bitten?

Natürlich.
Da der Feind in der Nähe ist ...
... bleibe ich auch hier.
Anemone?
Wenn du stirbst, wird der Aufzug doch gesperrt, oder nicht?
Anemone ...

Gut.
Gehen wir.
Nr. 2, du solltest auch los.
Ja.
06
07
Nr. 2.

Ja,
Nr. 21
...?
Piep
Piep
Ach ...
... es ist nichts.
Piep
Piep
Piep
Ich schließe das Tor.
Kaklong

ゴウー
Brrrm
ゴウーン
Brrrm

Wir sind Androiden.
Seelenlose Marionetten.
Wir wurden für den Krieg geschaffen. Wir sterben für die Menschheit.
Ich bin froh, dass gerade du bei mir geblieben bist.
So wurden wir entworfen.
Eine Pflicht, die uns aufgebürdet wurde.
Ein Schicksal, dem wir uns nicht widersetzen können.

In dem Glauben, dass uns unser Weg diesen Dingen zum Trotz irgendwie in eine bessere Zukunft führt …
… stiegen wir weiter in die Dunkelheit hinab.
YoRHa – Abstieg 11941 – Eine NieR:Automata Story 2 Ende

Vielen Dank, dass du den zweiten Band des YoRHa-Mangas gekauft hast. Für Widerstand und YoRHa-Schwadron gab es Entscheidungen und Weggabelungen. In einer nahezu aussichtslosen Lage bleibt ihr Blick jedoch nach vorn gerichtet, um die Zukunft der Menschheit und ihrer eigenen willen.
Was denken sie in diesen Momenten?
Was bedeutet das Leben eigentlich?
Diesen Fragen werden wir uns schonungslos stellen.

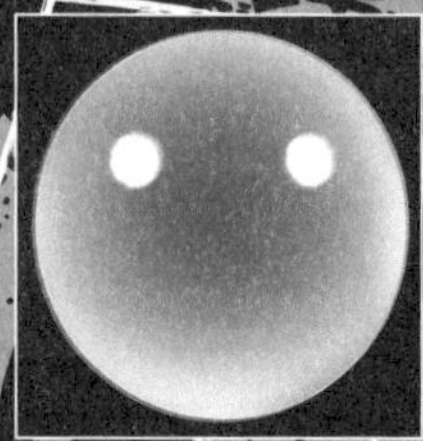

Artwork

Megumu Soramichi

Bei so vielen auftretenden Figuren verwechsle ich beim Zeichnen manchmal ihre Kleidung. Ich mache mir Sorgen, dass ich das eines Tages mal nicht bemerke und es so veröffentlicht wird.

Story & Supervision

YOKO TARO

Dieser Manga basiert auf dem Theaterstück, doch es gibt eine große Anzahl an Mechs und Explosionen, die man auf der Bühne nicht umsetzen kann, daher fühle ich dabei etwas Seltsames, irgendetwas zwischen Freude und Frust.

Fantasy 16 +

NieR Art - Kazuma Koda Artworks

Kazuma Koda

Das erste Artbook von Kazuma Koda, dem Concept Artist, der mit seiner Kunst die Welten von *NieR:Automata*, *NieR Re[in]carnation* und *NieR Replicant ver.1.22474487139*... maßgeblich mitgestaltete. Neben Artworks der Spiele enthält dieses Buch auch Illustrationen für Poster, CD-Cover und viele weitere Produkte aus dem NieR-Universum.

NieR:Automata World Guide - Berichte aus der Ruinenstadt
Square Enix

Lernt mit dem World Guide die Welt von *NieR:Automata* genauso gut kennen, wie die YoRHa-Soldaten, die verzweifelt darum kämpfen, sie zurückzuerobern. Enthält nicht nur Concept Art und exklusives Kartenmaterial, sondern auch zwei Kurzgeschichten aus der Feder von Jun Eishima.

Fantasy 15 +

Solo Leveling
Chugong | DUBU (REDICE STUDIO)

Seitdem Portale die reale Welt mit Dungeons voll von Monstern verbinden, sind Menschen mit speziellen Fähigkeiten erwacht, die Jagd auf diese Monster machen und so ihr Geld verdienen. Kann sich Jin-Woo Sung, der von seinen Kollegen nur »der Schwächste« genannt wird, an die Spitze kämpfen?

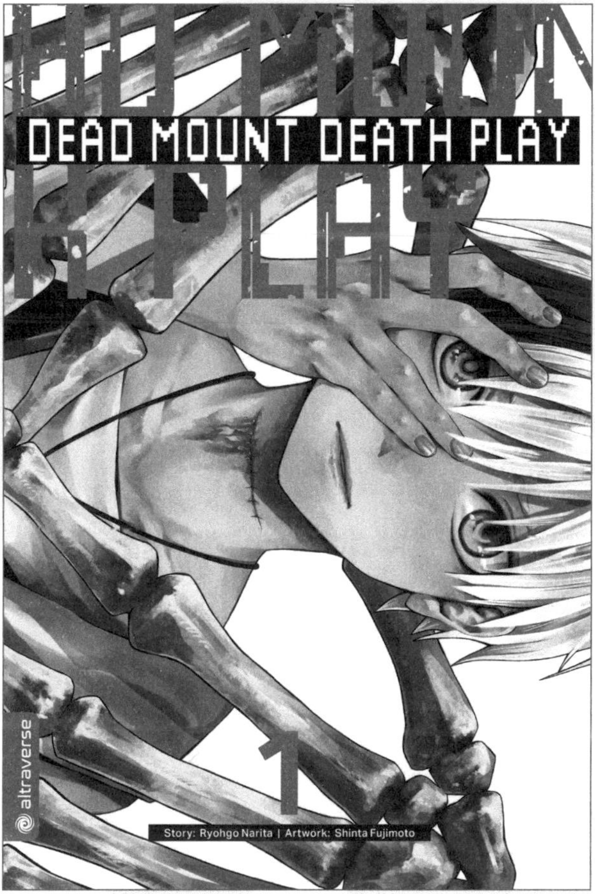

Dead Mount Death Play

Ryohgo Narita I Shinta Fujimoto

Der legendäre Unheilsbrecher und der fürchterliche Leichengott stehen sich zum finalen Duell gegenüber. Was der Unheilsbrecher aber nicht weiß: Der Leichengott hat vor, sich mit Magie aus der Affäre zu ziehen. Zu dumm nur, dass beim Wirken ebenjener etwas schiefläuft und er sich plötzlich im modernen Tokio wiederfindet ...

Fantasy 16 +

SINoALICE

Yoko Taro | Takuto Aoki | himiko | Jino

Alles im Leben von Alice ist gewöhnlich – ihre Familie, ihre Freunde, sogar ihr Schwarm. Doch in ihren Träumen begegnet sie zwei unheimlichen Marionetten, deren gläserne Augen bis in die letzten Abgründe ihres Herzens blicken und ihr geheimstes Verlangen erkennen. So gerät ihre Realität aus den Fugen und sie findet sich in einem blutigen Spiel wieder, in dem es ums nackte Überleben geht.

Elainas Reise

Jougi Shiraishi | Itsuki Nanao | Azure

Seit sie ein Kind war, wollte Hexe Elaina frei und ungebunden durch das Land reisen und dabei die unterschiedlichsten Menschen und Länder kennenlernen. Ohne festes Ziel vor Augen treibt sie allein die Frage vorwärts, was sie in der großen, weiten Welt wohl als Nächstes erleben wird.

Mystery 16 +

Adou

Amano Jaku

Durch die Straßen einer Stadt, die von Hektik und Lärm bestimmt ist, irrt ein Junge, der von kaum jemandem beachtet wird. Er wirkt hilflos und desorientiert, dabei geht von ihm die vielleicht größte Gefahr für die zivilisierte Welt aus …

Virgin Road – Die Henkerin und ihre Art zu leben

Mato Sato | Ryo Mitsuya | nilitsu

Die junge Menou ist Henkerin, eine Auftragsmörderin im Dienst der Kirche. Als solche ist es ihre Aufgabe, sogenannte Verlorene – Menschen, die beim Übertritt in ihre Welt übermenschliche Kräfte erhalten – zu töten, bevor sie Chaos und Verderben säen können. Allerdings scheint Menous neues Ziel, die süße Akari, unsterblich zu sein ...

Goblin Slayer! Light Novel

Kumo Kagyu | Noboru Kannatuki

Zusammen mit ihren Kameraden gerät eine junge Priesterin in den Hinterhalt einer Horde Goblins. Sie wähnt ihr Schicksal schon besiegelt, als plötzlich eine Gestalt in Rüstung vor ihr erscheint und sie vor einem grausamen Tod rettet. Es ist der Goblin Slayer, ein einsamer Abenteurer, der nur ein Ziel hat: Goblins töten.

Goblin Slayer!

Kumo Kagyu | Kousuke Kurose | Noboru Kannatuki

Eine junge Priesterin schließt sich ihrer ersten Abenteurergruppe an, nur um sich kurz darauf in einem Goblin-Hinterhalt wiederzufinden. Doch sie hat Glück, denn Goblin Slayer hat sich genau diese Goblins als seine heutigen Opfer ausgesucht.

Meine Wiedergeburt als Schleim in einer anderen Welt Light Novel

Fuse | Mitz Vah

Als Satoru Mikami im Alter von 37 Jahren von einem Attentäter getötet wird, fällt der Vorhang für sein belangloses Leben – zumindest dachte er das! Plötzlich findet er sich in einer anderen Welt wieder und merkt, dass er als Schleim wiedergeboren wurde?!

Meine Wiedergeburt als Schleim in einer anderen Welt

Fuse | Taiki Kawakami | Mitz Vah

Satoru Mikami wurde ermordet. Aber statt im Jenseits zu landen, wird er in einer anderen Welt als Schleim wiedergeboren. Verwirrt, aber mit mächtigen Skills ausgerüstet, begibt er sich auf ein wabbliges Abenteuer durch eine Welt voller Goblins, Drachen und Zwerge!

Mystery 16 +

Candy & Cigarettes

Tomonori Inoue

Raizo Hiragas ruhiger Lebensabend muss warten, denn seine Tochter und sein Enkel brauchen seine finanzielle Unterstützung. Als sich der ehemalige Personenschützer auf einen Job bewirbt, der zu gut klingt, um wahr zu sein, wird er überraschend zum Handlanger einer elfjährigen Killerin?!

Arifureta – Der Kampf zurück in meine Welt

Ryo Shirakome | RoGa | Takaya-ki

Hajime führt ein wenig aufregendes Leben, doch plötzlich wird seine Klasse in eine andere Welt beschworen, um die Menschheit vor dem Untergang zu bewahren! Während seine Klassenkameraden mit außergewöhnlichen Fähigkeiten ausgestattet werden, wird Hajime nur ein magischer Schmied. Wird er in dieser gefährlichen neuen Welt überleben können?

altraverse

Deutsche Ausgabe / German Edition

Aus dem Japanischen von Markus Lange

Redaktion: Kathrin Zimon
Herstellung: Vivien Bergau
Lettering: Vibrant Publishing Studio

Druck: CPI books GmbH, Leck
Printed in Germany

MIX
Papier
FSC FSC® C083411

ISBN 978-3-7539-0930-1
2. Auflage 2023

www.altraverse.de